QUELQUES MOTS

SUR

La Confraternité Médicale

DISCOURS

Prononcé Par M. V. PRÉVAULT

A la Réunion annuelle des Médecins de l'arrondissement

de Loches

LE 24 MAI 1865

Nous vivons à une époque de transition ; la limite à franchir est proche, et il n'est pas impossible, à qui veut regarder attentivement, d'entrevoir au-delà. Cependant le terrain sur lequel nous sommes encore est presque aussi défavorable que celui où manœuvrèrent nos devanciers des siècles passés. La situation qui nous est réservée, ou qu'on nous permettra de nous faire, sera, je n'en doute pas, bien différente de celle où nous sommes. Ainsi le veut la loi du progrès, la loi dominante du dix-neuvième siècle.

La carrière médicale est parsemée d'écueils ; les mobiles qui tentent celui qui la parcourt ne sauraient le guider sûrement vers le but de ses louables efforts.

Le devoir a-t-il parlé, l'intérêt vient souvent le contredire.

La dignité montre-t-elle la conduite à tenir, voici venir le savoir-faire, qui chemine par des sentiers tortueux, mais au bout desquels apparaissent le succès et la renommée.

La sympathie raisonnée et le respect mutuel font-ils valoir des droits légitimes, un conseiller perfide étouffe leur voix sous ses chuchottements intimes, c'est l'esprit de concurrence. Devoir, dignité, estime réciproque, voilà des sentiments d'où naît la modestie. Mais la modestie habite l'obscurité, qui fait végéter languissamment et périr.

Qu'est-ce qu'un tel état de choses pour l'honnête homme, sinon la lutte incessante, inégale, infructueuse? Cette lutte, il est vrai, c'est l'exercice de la vertu; virtus, courage, force et combat.

C'est pourquoi, Messieurs, dans les temps d'agitation, d'isolement et d'abandon, la confraternité médicale est une vertu, et une vertu rare, et difficile à pratiquer. Cette dernière proposition m'inspire une réflexion—paradoxale—que j'oserai pourtant exprimer : la nécessité d'une telle vertu est un grand malheur.

Sans espérer la perfection dans les choses de ce monde, je pense que nos efforts doivent tendre à aplanir les voies. Rendre plus aisée la pratique du bien, c'est lui recruter des prosélytes. Ce n'est pas amoindrir le mérite de celui qui veut et peut mieux faire; il saura bien trouver un aliment à ses nobles instincts. S'il reçoit de ses émules moins d'entraves d'abord, et ensuite quelque approbation, ils le verront s'avancer résolument à l'avant-garde, et aussi longtemps qu'il tiendra d'une main ferme le signe du ralliement, sa gloire ne lui sera pas contestée.

S'efforcer d'enlever à la confraternité les obstacles qui à chaque pas encombrent sa route, c'est donc faire preuve d'une connaissance vraie de la nature humaine. Un moyen

sûr d'y parvenir, et dont l'expérience vous a prouvé l'effica-
cité, c'est de mettre en commun, dans ce qu'ils ont de
sympathique et de concordant, son intérêt, sa dignité, ses
souffrances; non comme le disent les incrédules, en laissant
absorber l'individu par la masse, le faible par les forts, voire
même l'individualité puissante par la majorité médiocre.
Oh! assurément non! Voilà ce que nous ne voulons pas, ce
que nous repoussons avec énergie. Mais en combinant les
forces isolées pour en centupler la valeur, mais en élevant
pour chacun un rempart contre l'envahissement inique de
l'un ou de l'autre. En un mot ce moyen si sûr parce qu'il
est fort, si honnête et si fort par ce qu'il se compose de
l'assemblage en faisceau de tous les légitimes intérêts, c'est
et ce sera toujours l'association.

Voyons donc ce que peut devenir, sous le régime de l'association, la confraternité médicale, en tant que devoir
facile et profitable.

Permettez-nous d'abord de définir la confraternité.

Elle est le sentiment, la connaissance, et la mise en
pratique des devoirs que les membres d'une corporation,
d'une société, ont à remplir dans leurs rapports entre eux.

La juste appréciation de ces devoirs ne saurait être en-
tièrement livrée au jugement individuel. Suivant le point
de vue auquel chacun pourrait se placer, il en résulterait
des interprétations divergentes et opposées. S'il est équitable
et avantageux que tous les avis puissent se produire libre-
ment, il est injuste et nuisible que toute opinion se réalise
sans contrôle.

Vous aurez beau supposer une corporation composée

exclusivement d'hommes intelligents et probes, vous les verrez bientôt se heurter dans le contact des intérêts particuliers, s'ils n'ont pris le soin de s'accorder sur l'intérêt commun. Bien plus, après avoir admis les principes, et leurs conséquences les plus immédiates, il naîtra toujours de nouvelles difficultés imprévues, pour l'aplanissement desquelles de nouvelles conférences deviendront nécessaires.

L'État n'est pas apte à régler toutes choses. S'il fait des lois générales pour tous, et des lois particulières pour la protection et la délimitation des droits d'une fraction quelconque de la société, sa mission s'arrête à la réglementation des principaux rapports entre cette partie et le corps social entier. Ne lui demandez pas davantage. A la corporation seule appartient le droit, et incombe le devoir d'étudier, de préciser, et enfin de réaliser les améliorations de détail que la législation régnante lui permet d'opérer.

Par cela seul qu'on se renferme en bon citoyen dans les attributions concédées par l'État, se prétendre absolument quitte envers les collègues, et invoquer le principe de la liberté individuelle pour éviter une conséquence logique de la vie sociale, c'est faire la moitié de son devoir. C'est oublier que la partie n'est pas le tout, que l'unité n'a pas une valeur égale à celle du nombre, que l'individu ne doit point passer avant la famille, celle-ci avant la commune, ni la commune avant l'État; c'est nier le principe même de la société.

La liberté individuelle absolue est donc plus absurde encore et plus injuste, s'il est possible, que la liberté absolue d'une corporation. Chacun doit compter avec tous, comme tous avec chacun. La liberté vraie n'est autre chose que la solidarité ; point de liberté des uns dont l'exercice entrave celle des autres.

Se soustraire aux décisions des majorités, c'est placer le droit individuel au-dessus du droit collectif. Se soumettre à leurs décrets n'est pas abdiquer son libre arbitre ; c'est tout au plus attendre avec sagesse et modestie que l'opinion des majorités ou la sienne propre ait subi l'épreuve du temps et de l'expérience. C'est une concession indispensable au maintien de l'ordre et de l'harmonie sociales.

Il est d'urgence, avant tout, pour que la confraternité s'exerce à l'aise, de n'admettre dans une société confraternelle que des hommes d'une loyauté suffisamment éprouvée, sans en exclure, bien entendu, les jeunes praticiens, dont les mœurs médicales n'ont pas encore été viciées. Il est à croire, en effet, que ces derniers, à moins qu'ils n'arrivent avec de mauvais instincts, demeureront toujours honnêtes à l'école des bons principes, et qu'ils se conduiront en amis envers ceux qui leur tendent une main sincèrement amicale.

Pas d'adhésion par une contrainte quelconque ; pas d'intrus ni de faux-frères. De semblables acquisitions seraient l'enrôlement forcé des vaincus, ou l'engagement hypocrite des traîtres.

La confraternité n'est pas une diplomatie, une transaction entre puissances rivales et jalouses. Il ne suffit pas, pour fraterniser, d'exercer une même profession ; il faut être animés d'une mutuelle estime. Le premier pas fait en dehors de cette voie nous ferait glisser honteusement dans le chemin de l'hypocrisie. La confraternité aura donc pour la desservir la tribu des vrais confrères.

Ce n'est pas que nous prétendions former une secte puritaine, hors de laquelle église nous ne verrions point de salut. Honorabilité n'est pas synonyme de perfection. A la place d'un rigorisme ombrageux nous admettons au contraire une indulgente tolérance, et ne voulons nous séparer que des pécheurs endurcis.

Avant d'exposer quelques uns des caractères principaux auxquels se reconnaît la vraie confraternité, de faire voir ce qu'elle est, ou, ce qui revient au même, de dire ce qu'elle n'est pas, voyons si le milieu où elle est appelée à se produire est favorable à son développement, ou s'il ne gêne pas plutôt ses mouvements et sa libre expansion.

Nous avons déjà fait pressentir que c'est ce dernier fait qui prédomine.

Le milieu où elle doit s'exercer, c'est le corps social tout entier. En échange des garanties qu'il exige de nous, des capricieux tiraillements que nous fait subir cet assemblage de gens de toute condition, de toute éducation, dont se compose la clientèle, recevons-nous en gratitude ou en honoraires une compensation approximative? Sous ce dernier rapport seulement cela est vrai quelquefois, mais pour des talents exceptionnels et des positions favorisées.

La reconnaissance, ne la demandons pas, ne l'attendons jamais. Aussi bien n'est-elle pas nécessaire, et la conscience du devoir comme celle du mérite sont, sur ce point, la meilleure des récompenses.

Mais l'homme ne vit pas que du pain de l'âme. « L'hom-
« me n'est ni ange ni bête, a dit Pascal, et dès qu'il
« s'évertue à devenir ange, il devient bête. » Il faut vivre
tels que Dieu nous a faits. Or, c'est la profession qui doit
nous aider à vivre. Sacerdoce tant qu'il vous plaira, vous qui,
par une étrange contradiction, trouvez rationnel qu'on nous
ait infligé la patente. Si l'autel ne nourrit le prêtre, il
faudra que le sacerdoce périsse.

Ici se présente, Messieurs, un écueil formidable. Ce n'est
pas nous qui le faisons surgir, il ne dépend pas de nous de
le raser. Nous ne pouvons l'éviter, car il nous barre le pas-
sage ; nos principes les plus généreux y éprouvent de vio-
lentes secousses.

Puisqu'il faut vivre du produit de nos labeurs, nous savons
bien que nos services sont les mêmes chez le client gêné
qu'auprès du riche, et que l'un pourrait s'acquitter avec l'obole
qui, tombée des mains de l'autre, aurait l'air d'une injure.
C'est pourquoi, pour servir de base à nos honoraires, nous
avons établi des catégories, chose facilement applicable aux
populations agglomérées dont nous faisons partie. Mais
chaque jour nous parcourons les campagnes, dont les habitants
sont disséminés à des distances souvent très éloignées de nos
résidences médicales. Les soins que nous leur donnons sont
entravés par les difficultés du transport, c'est-à-dire par les
intempéries et les chemins affreux. Ils exigent l'emploi d'un
matériel très dispendieux et d'une grande somme de temps.
Il y faut déployer le zèle jusqu'au sacrifice, l'énergie jusqu'à
l'héroïsme. Et, ces serviteurs dévoués de la société, ces hum-
bles martyrs du devoir, de la nécessité professionnelle, a-t-on
quelquefois songé à les indemniser de leur dure existence par
la perspective d'une distinction, d'un signe d'honneur qui,

dans d'autres carrières, sait trouver l'homme de bravoure au milieu des derniers rangs? Je ne vois qu'un motif plausible à cet oubli, mais il me paraît péremptoire : c'est que, pour être juste, il faudrait distribuer autant de récompenses qu'il y a de vieux et honorables médecins de campagne, et alors, la distinction n'en serait plus une.

Quant au sentiment du paysan sur cette matière, il ne vous est que trop connu. Le paysan ne compte et n'estime guère que le travail des bras armés de la pioche. Nous sommes d'heureux fainéants. Deus nobis hœc otia fecit.

A la vérité, s'il nous est dû par le client de la campagne, en raison des avances énormes de temps, de frais, de patience et de courage, des honoraires plus élevés que par les gens de la ville, nous savons qu'il ne peut souvent sans de grands sacrifices en subir la conséquence. Nous avons donc, de tout temps, été forcés de trouver un moyen terme entre ses obligations et ses ressources.

C'est précisément en face de cette difficulté, c'est quand notre intérêt légitime et pressant ne suffit pas à étouffer la plainte qui s'élève dans le cœur du médecin, obligé d'accepter, d'exiger même pour ses soins , sa science et sa peine, une rémunération légère pour lui, onéreuse au client, c'est dans cette position pénible que triomphent, au contraire, certains hommes de savoir-faire. Je veux parler, vous le devinez sans peine, de ces singuliers philanthropes , qui estiment très peu le service rendu par leur science — je ne dirai pas qu'en cela ils se rendent justice — et font monter à des appréciations éhontées la valeur de leur polypharmacie. Ils se font même, à ce métier, une certaine réputation d'humanité. Suam quibus laudem non invidemus

S'il nous est douloureux, dans nos rapports avec le travailleur des champs, de lui apporter la gêne après le soulagement, le remède à cela est encore un problème. On le résoudra, j'en ai la foi, mais, pour ces questions, à ce qu'on dit, les temps ne sont pas encore mûrs. Qu'ils mûrissent donc au soleil du bon Dieu ! Mais je crains bien qu'avant leur maturité notre infortunée génération ne soit tombée de flétrissure.

Cela une fois admis et prouvé que les honoraires doivent s'élever en proportion des distances à parcourir, que faut-il à la confraternité pour que cela s'effectue sans encombre ? Evidemment une entente parfaite sur les prix fixés d'après cette base. Une différence de prix à distance égale constituerait, de la part de celui qui donnerait son temps au rabais , un acte de concurrence et d'hostilité.

On a ri de nous voir poser comme première pierre de notre édifice social un tarif d'honoraires, de nous voir asseoir la confraternité sur l'intérêt matériel. Ce n'est pas de cela qu'il faut rire. Il faut rire comme Démocrite ou pleurer comme Héraclite de toutes les rencontres professionnelles ou mondaines, quand la protestation de dévouement et la poignée de main ne viennent pas du cœur, et ne servent qu'à donner le change. Ah ! laissez-nous enlever d'entre les hommes cette double barrière qui les sépare, le devoir ingrat, le savoir-faire productif ! Laissez-nous appaiser les querelles des intérêts matériels ! Pourquoi toujours ce qui profite aux uns devrait-il porter préjudice aux autres ? Ne sentez-vous pas que la justice et la vérité ne sont point là ?

Si vous supprimez, dans notre constitution, cet article

fondamental, si vous rendez à chacun la liberté d'abuser à son gré de la liberté, bientôt vous verrez s'évanouir la confiance. Comment croire aux intentions amicales d'un confrère qui attire à lui vos clients par la duperie d'un prétendu bon marché ? Ceux qui font usage du rabais méritent seuls la patente qu'on nous a imposée; car, ce qu'ils rabaissent surtout, c'est leur noble profession, qu'ils font descendre au niveau de la plus vulgaire industrie.

Voilà donc le confrère associé en possession d'une sécurité complète sur ce point capital, qui partout ailleurs donne lieu à tant de froissements, à tant d'inimitiés avouées ou déguisées. « Bonjour, confrère, » commence dès lors à ne plus vouloir dire : « Oh ! la fâcheuse rencontre ! voilà un concurrent « de la pire espèce ! »

— Mais le client n'est pas même en état de satisfaire au minimum. — Oh ! alors, Messieurs, nous ne voulons pas fermer la porte aux sentiments de charité. Votre minimum est-il inaccessible à un malheureux non assisté, à un homme gêné qui vous intéresse, soyez généreux. Surtout ne le soyez pas à demi ; car nous voulons du moins fermer la porte aux abus, qui se glisseraient bien vîte par cette issue. Trop de clients, en effet, seraient nos amis ou nos protégés, sans la sage mesure que nous formulons par ces trois mots : tout ou rien. Les exceptions embarrassent la règle, et nous aimons les situations nettes et franches.

Quelle garantie pour les intérêts qu'une pareille entente, si elle est sincère ! Messieurs, elle a été sincère de la part de ceux qui l'ont provoquée. Elle dure encore inaltérée, et les avantages que nous en avons retirés nous garantissent sa viabilité.

Ce n'est pas à dire que nos affaires soient entrées, depuis cette union, dans une ère de prospérité croissante. Le contraire a même lieu çà et là. Mais cela tient à des circonstances indépendantes de nous, à des éléments hostiles, qui ont encore le droit légal de se développer à côté de nos principes conciliateurs. Cela tient, en un mot, à de prétendus confrères, qui s'empressent de savourer les tristes fruits de la concurrence à tout prix. A voir l'ardeur incessante qu'ils déploient dans les abus de la liberté professionnelle, on dirait qu'ils sentent prête à leur échapper cette anarchique licence, et qu'ils se hâtent d'utiliser à leur profit les regrettables lacunes de la législation.

Consolons-nous en nous pénétrant de cette vérité, que si de telles manœuvres nous causent un dommage réel, elles amèneraient, sans notre union, des désordres cent fois pires. De notre côté du moins grandit l'estime des clients éclairés, avant-courrière des avantages plus positifs que l'avenir nous réserve.

La concurrence au rabais n'est pas la seule arme du savoir-faire, dont l'arsenal est merveilleusement approvisionné. Tout le système offensif et défensif est représenté par des engins variés à l'infini, depuis les manœuvres captieuses jusqu'au dédain et au blâme, jusqu'à la médisance et à la calomnie, jusqu'au charlatanisme à sons amortis ou à grande volée.

La confraternité s'accommode mal du savoir-faire. Avec elle il doit s'exercer à se bien tenir sur ses gardes, et si.

chassé par la porte, il est revenu furtivement par la fenêtre, elle sait contrôler ses actes et lui en demander compte à l'occasion. Quand elle n'ose encore le faire en tête-à-tête, pour éviter un conflit personnel regrettable, elle sait où trouver audience.

Dans ces réunions périodiques, où préside une douce gravité, où règne un esprit de concorde, sous la protection des statuts établis, des conventions acceptées et signées, le délinquant se sent faible et compromis. Tout au plus cherche-t-il à expliquer, à excuser sa conduite. Il en sort peut-être avec un peu de confusion, avec un certain dépit. Mais soyez assurés qu'il va perdre confiance dans ses moyens, qu'il ne croyait pas d'abord en contravention aussi flagrante avec les principes reconnus et les engagements pris. Il va céder du terrain, et, s'il s'expose encore, par mauvaise habitude, à de nouveaux échecs, vous le verrez se rendre à la fin. Puis il s'accoutumera au nouvel état de choses; et à mesure qu'il se sentira remonter dans l'estime et l'affection de ses confrères, il y trouvera une compensation suffisante aux choses petites qu'il a dû abandonner.

Donc il faut s'amender, se perfectionner, s'ennoblir ; ou bien il faut un jour briser les liens, et se retirer avec une déclaration de guerre. Voilà comment l'association moralise, voilà comment la confraternité s'épure.

La confraternité est tout autre chose que la camaraderie. Elle n'admet pas, dans ses relations, la préférence systématique d'un collègue au détriment des autres.

Elle est juste envers tout le monde.

Dans le choix d'un médecin consultant, elle ne se laisse pas guider par des considérations d'intérêt personnel, et n'envisage que celui du malade. Elle ne se dit pas, dans cette occasion : parmi les collègues de ma localité je vais appeler à mon aide celui dont j'ai coutume de me servir comme d'un manteau pour couvrir ma responsabilité ; mais bien elle se demande avec désintéressement quel praticien convient le mieux dans tel cas particulier ; lequel, par la nature de ses travaux de prédilection, par la direction de ses études expérimentales, par les aptitudes qui lui viennent de son organisation, paraît le plus propre à fournir son contingent de lumières et de bons conseils. Elle est donc, à plus forte raison, ennemie jurée de l'exclusivisme.

Elle sait avouer que nul n'est universel, et reconnaît les vocations spéciales, les qualités individuelles. Loin de chercher à les refouler dans leurs aspirations, elle leur prête devant le public l'appui de son appréciation compétente, et se trouve assez payée de sa générosité par une conduite réciproque.

Pourquoi vouloir tout faire, quand nul n'est organisé pour faire tout également bien ? A chacun son lot dans la carrière, sans parler même des vraies spécialités. Un peu de tout, mais de ceci et de cela davantage ; souvent rien de certaines choses, ce qui est plus sûr et plus honnête.

Il ne suffit pas à la confraternité de se montrer honnête et modeste. Elle a en horreur les services du compérage, qui s'attelle à un char de triomphe, et rehausse imprudemment le lustre d'un seul par les éclaboussures qu'il jette aux autres.

La confraternité, en face de la médisance ou de la calomnie aux prises avec la réputation d'un collègue, ne se renferme pas dans une froide neutralité. C'est trop peu pour elle de n'en pas ressentir une joie maligne. Elle n'ignore pas que le silence est souvent pris pour une marque d'adhésion. Et quand même il s'agirait, par impossible, d'une de ces allégations indéniables, d'une accusation appuyée sur un scandale public, elle sait se tirer noblement d'une aussi pénible situation. La rougeur qui lui monte au front n'obscurcit pas ses bonnes pensées. Le confrère décrié ne manque pas de qualités exquises et de talents précieux à opposer à ses faiblesses ; elle les fera ressortir sans hésiter. La grandeur d'âme impose même aux esprits vulgaires. Vous voyez donc bien que la confraternité, quand elle le veut, peut aussi se montrer habile ; et c'est selon moi, selon vous, et aux yeux de tous les vrais confrères, une habileté qui profite à tous et honore tout le monde.

C'est beaucoup de ne pas nuire aux autres, de ne pas se faire valoir soi-même, ou se laisser prôner indûment par quelques créatures intéressées, de ne pas abuser de sa position, de la renommée acquise, pour étouffer l'aspiration des collègues moins heureux. La confraternité va plus loin encore, et c'est un de ses plus beaux priviléges.

« Il ne suffit pas, en confraternité, que les grands descen-
« dent au niveau des petits ; ils doivent encore les élever
« en quelque sorte jusqu'à eux. Car il y a des hommes qui
« détruisent tout le charme de la confraternité par l'idée
« seule qu'ils se croient méprisés ; et comme cela n'arrive
« qu'à ceux qui ont d'eux-mêmes une opinion trop défavora-
« ble, il faut détruire chez eux ce préjugé par des actions
« plus encore que par des paroles. »

Ce n'est pas moi qui formule ce dernier précepte. Je ne
vous donne ici que la traduction fidèle, à un mot près, de ce
que Cicéron applique à l'Amitié :

Quamobrem, ut ii qui superiores sunt, submittere se debent
in amicitia, sic quodam modo inferiores extollere. Sunt
enim quidam, qui molestas amicitias faciunt, quum ipsi se
contemni putant. — Qui hac opinione non modo verbis,
sed etiam opere levandi sunt.

Voilà donc jusqu'où peut aller la confraternité, même en
partant d'un tarif d'honoraires.

Quand on veut construire un édifice, de quoi fait-on
les fondations ? D'une matière brute, sans doute, mais très
résistante ; d'éléments où l'amateur de beaux arts trouve
peu de chose à contempler, mais où l'observateur le plus
vulgaire aime à voir des garanties de ferme appui et de longue
durée.

Dès que sur les premières assises le monument a surgi du sol, les pierres qui le composent sont choisies d'un grain pur ; et, non content de les dégrossir on en polit les faces libres. Alors les matériaux s'agencent et s'unissent avec grâce et symétrie, les proportions s'accusent, et la matière se conforme aux exigences du plan général. Chacune des parties devient un organe, dont la destination fonctionnelle se fait pressentir ; et peu à peu leur ensemble constitue un grand corps, et ce corps n'est déjà plus une masse inerte. A peine l'édifice élève-t-il dans les airs son front superbe, que la vie morale entre à flots par toutes ses portes, et que l'intelligence et l'idée rayonnent par toutes ses ouvertures. C'est à ses portiques et à ses galeries, c'est aux colonnes qui les décorent et les soutiennent, c'est aux fenêtres qu'il ouvre sur l'espace et la foule comme autant de regards pleins de génie, c'est sur le fronton sublime que l'artiste a groupé les ornements les.plus délicats, touchants emblèmes des sentiments suaves, qui naissent et vivent si bien à l'ombre des grandes pensées.

V. PRÉVAULT ,

Secrétaire de la réunion médicale de Loches.

Loches, typ. Bordessolle.

www.ingramcontent.com/pod-product-compliance
Lightning Source LLC
LaVergne TN
LVHW012158170726
843503LV00009B/4259